Nota para los padres y encargados:

Los libros de *Read-it! Readers* son para niños que se inician en el maravilloso camino de la lectura. Estos hermosos libros fomentan la adquisición de destrezas de lectura y el amor a los libros.

 El NIVEL MORADO presenta temas y objetos básicos con palabras de alta frecuencia y patrones de lenguaje sencillos.

 El NIVEL ROJO presenta temas conocidos con palabras comunes y oraciones de patrones repetitivos.

 El NIVEL AZUL presenta nuevas ideas con un vocabulario más amplio y una estructura gramatical más variada.

 El NIVEL AMARILLO presenta ideas más elevadas, un vocabulario extenso y una amplia variedad en la estructura de las oraciones.

 El NIVEL VERDE presenta ideas más complejas, un vocabulario más variado y estructuras del lenguaje más extensas.

 El NIVEL ANARANJADO presenta una amplia de ideas y conceptos con vocabulario más elevado y estructuras gramaticales complejas.

Al leerle un libro a su pequeño, hágalo con calma y pause a menudo para hablar acerca de las ilustraciones. Pídale que pase las páginas y que señale los dibujos y las palabras conocidas. No olvide volverle a leer los cuentos o las partes de los cuentos que más le gusten.

No hay una forma correcta o incorrecta de compartir un libro con los niños. Saque el tiempo para leer con su niña o niño y transmítale así el legado de la lectura.

Adria F. Klein, Ph.D.
Profesora emérita, California State University
San Bernardino, California

Editor: Jill Kalz
Page Production: Zachary Trover
Creative Director: Keith Griffin
Editorial Director: Carol Jones
Managing Editor: Catherine Neitge
The illustrations in this book were created digitally.
Translation and page production: Spanish Educational Publishing, Ltd.
Spanish project management: Jennifer Gillis/Haw River Editorial

Picture Window Books
5115 Excelsior Boulevard
Suite 232
Minneapolis, MN 55416
877-845-8392
www.picturewindowbooks.com

Library of Congress Cataloging-in-Publication Data
Jones, Christianne C.
[Room to share. Spanish]
Un cuarto para dos / por Christianne C. Jones ; ilustrado por Zachary Trover ;
traducción, Carlos Ruiz.
p. cm. — (Read-it! readers)
Summary: Ana gets a treat for keeping her side of their shared room neat and clean,
but messy Gina does not.
ISBN 1-4048-1694-1 (hardcover)
[1. Orderliness—Fiction. 2. Conduct of life—Fiction. 3. Bedrooms—Fiction.
4. Spanish language materials.] I. Title: Un cuarto para dos. II. Trover, Zachary, ill.
III. Title. IV. Series.

PZ73.J565 2005
[E]—dc22
2005024969

Un cuarto para dos

CSCL

por Christianne C. Jones
ilustrado por Zachary Trover

Traducción: Carlos Ruiz

Con agradecimientos especiales a nuestras asesoras:

Adria F. Klein, Ph.D.
Profesora emérita, California State University
San Bernardino, California

Kathy Baxter, M.A.
Ex Coordinadora de Servicios Infantiles
Anoka County (Minnesota) Library

Susan Kesselring, M.A.
Alfabetizadora
Rosemount-Apple Valley-Eagan (Minnesota) School District

PICTURE WINDOW BOOKS
Minneapolis, Minnesota

Ana y Gina comparten un cuarto.

Ana es ordenada. Pero Gina no.

Ana tiene un lado del cuarto.

Gina tiene el otro lado.

Mamá dice que
hay que limpiar.

9

Ana arregla la cama.

Pero Gina no.

Ana recoge sus animalitos
de peluche.

Pero Gina no.

Ana dobla la ropa.

Pero Gina no.

Ana pasa la aspiradora.

Pero Gina no.

Ana saca la basura.

Pero Gina no.

Ana recibe una galleta
de chocolate.

Pero Gina no. Seguro la próxima vez ella también limpiará.

Más *Read-it! Readers*

Con ilustraciones vívidas y cuentos divertidos da gusto practicar la lectura. Busca más libros a tu nivel.

FICCIÓN

Bess y Tess	1-4048-1689-5
El cuadro de Mary	1-4048-1649-6
Dan pone la mesa	1-4048-1682-8
De pesca	1-4048-1684-4
Juanita juega	1-4048-1652-6
El lugar de Luis	1-4048-1688-7
El mejor futbolista	1-4048-1690-9
Mudanza	1-4048-1686-0
El primer día	1-4048-1627-5
Pruébalo	1-4048-1692-5
Acampar	1-4048-1681-X
La carta de Paula	1-4048-1687-9
Eric no juega	1-4048-1683-6
Fito y el pito	1-4048-1691-7
Meg sale a pasear	1-4048-1685-2
Vamos a compartir	1-4048-1693-3
Cansada de esperar	1-4048-1695-X

¿Buscas un título o un nivel específico? La lista completa de *Read-it! Readers* está en nuestro Web site: *www.picturewindowbooks.com*

DATE DUE

GAYLORD			PRINTED IN U.S.A.